Pour l'amour de
Vincent

Remerciements à Ken Wilkie et Louis von Tilburg,
conservateur au Musée Van Gogh à Amsterdam,
pour leur aide et leur soutien.

Publié pour la première fois en Australie en 1995 par Reed for Kids

Loi n°49-956 du 16 juillet 1949
sur les publications destinées à la jeunesse
Dépôt légal : janvier 2004
ISBN : 2 7404 1741-1

Imprimé en France
par PPO Graphic, 93500 Pantin

Brenda V. Northeast

Pour l'amour de Vincent

Adaptation française : Didier Dufresne

MANGO JEUNESSE

Les grands hommes ont tous été petits.
L'ours en peluche de Vincent le savait bien,
lui qui était né dans les bras d'un artiste.
Et, bien avant que Vincent puisse tenir
un pinceau et devienne un grand peintre,
son ours avait rêvé pour lui un monde coloré.

Vincent Bear ©BVN 93.

Pour l'amour de Vincent,
il était parti à la recherche des couleurs.
Il les volait aux collines, aux arbres, aux nuages.

Il capturait le jaune des tournesols…

et il essayait de retenir leur éclat sur une toile.

Pour Vincent, il décida de quitter
le vert pays des tulipes et des moulins.
Il devait y avoir des couleurs différentes,
là-bas, vers le sud.

Le petit ours partit en songe
vers un pays d'ombres et de lumières.

Il arriva dans une ville de soleil.

La lumière faisait chanter le rouge des tuiles
et l'ocre des maisons. C'était là, il le savait,
qu'il trouverait ce qu'il cherchait.

Le petit ours s'installa dans une chambre qu'il peignit en bleu.
Il essaya le lit et le trouva confortable.

Vincent se plaira ici,
pensa-t-il en s'endormant.

Chaque matin, il se levait de bonne heure
et partait chasser les reflets de la lumière.
— Belle journée ! lui disait le facteur.
Il sera un jour l'ami de Vincent, pensa le petit ours.

POSTES

Il quittait sa chambre très tôt.
Les couleurs changeaient sans arrêt pendant la journée,
et il ne voulait en manquer aucune.

Quelquefois, les couleurs
ne voulaient pas se laisser prendre.
Le petit ours essayait de les attraper au vol.

Ce n'est pas toujours facile de peindre.
Surtout si l'on n'est qu'un petit animal en peluche.

Alors, le petit ours rapportait des morceaux de paysage pour son ami.
C'est Vincent qui saurait peindre tout ce que l'on voit et même ce que l'on ne voit pas.

Vincent Bear. © BVN9

Le petit ours était désormais certain
d'avoir trouvé le pays des couleurs,
le pays que choisirait Vincent.

Il pouvait se reposer un peu.

Quand il se réveilla, les couleurs avaient encore changé.
Quel pays merveilleux, pensa-t-il, je dois faire
une provision de tout cela pour Vincent.
Et il mit dans ses rêves les reflets d'or des blés,
les nappes bleues des nuages…

Il se décida enfin à partir mais, avant, il prit encore un peu de la couleur du soleil quand il appelle la nuit.

Le petit ours rentra à l'heure des ombres de la nuit. Sa tête était pleine de lumière et il avait hâte de retrouver Vincent. Vincent, qui n'était encore qu'un enfant et qui l'attendait là-bas, en Hollande.

Il arriva dans la ville des couleurs,
s'assit une dernière fois à la terrasse du café
que Vincent aimerait peindre.
Il regarda une dernière fois les lueurs de la nuit
que les yeux de Vincent dévoreraient.

Et, le cœur rempli de lumière colorée,
il était prêt maintenant à repartir.
Demain, un grand homme allait naître…
Le petit ours s'endormit et rejoignit Vincent.